A LA

CAMPAGNE

COMÉDIE

FRANCO-ANGLAISE

EN UN ACTE

PAR DE LA FÈRE

SAINT-AMAND (Cher)

IMPRIMERIE DESTENAY

BUSSIÈRE FRÈRES

70, *Rue Lafayette*, 70

1890

A LA CAMPAGNE

AUX CHARMANTES INTERPRÈTES

MISS FORBES & MISS B. GORDON

HOMMAGE DE L'AUTEUR

—

Dinard, 1890.

A LA

CAMPAGNE

COMÉDIE

FRANCO-ANGLAISE

EN UN ACTE

PAR DE LA FÈRE

SAINT-AMAND (CHER)
IMPRIMERIE DESTENAY
BUSSIÈRE FRÈRES
70, Rue Lafayette, 70

—

1890

Gontran de Rochefontaine, 33 ans.
Thomas Morrisson, 55 ans.
Victor La Brisée (garde), 46 ans.
Miss Lucy Wilton, 23 ans.
Mariotte (femme du garde), 31 ans.

A LA CAMPAGNE

COMÉDIE EN UN ACTE

Grande chambre servant de salon dans un pavillon de chasse à l'entrée des bois. A gauche canapé : à droite un chevalet sur lequel est posée une toile largement brossée représentant un coucher de soleil dans une futaie. Au fond, un fusil, une gibecière et attirail de chasse.

SCÈNE I

GONTRAN, LA BRISÉE

(Gontran, en costume de chasse, est assis devant le chevalet et tourne le dos à La Brisée. Le garde, au second plan, la casquette à la main et le fusil sur l'épaule, se tient debout dans une attitude respectueuse).

GONTRAN

— Oui, mon vieux Victor, tu vas aller m'attendre avec les chiens au carrefour du grand Veneur... Encore quelques coups de pinceau, et je te rejoins.

LA BRISÉE

— Bien, monsieur Gontran.

GONTRAN

— A propos, le facteur est-il déjà passé ? Il n'y avait pas de lettres ni de journaux pour moi ?

LA BRISÉE

— Non, monsieur Gontran, il n'y avait rien.

GONTRAN continuant à travailler.

— Décidément ma bonne sœur ne veut pas m'écrire ! Elle m'avait pourtant bien promis... (au garde :) C'est bien, Victor, je n'ai plus besoin de toi, tu peux te retirer. Ah ! surtout n'oublie pas quelques cartouches nº 1. Si ce coquin de renard venait à passer à portée, je ne serais pas fâché, comme nous ne sommes pas ici en Angleterre, de lui envoyer un coup de fusil.

LA BRISÉE

— Entendu, monsieur Gontran. (Il salue et sort).

SCÈNE II

GONTRAN seul : il dépose sa palette et considère sa toile.

— Eh bien, non ! Si vous croyez que je suis venu ici pour m'amuser, vous êtes dans l'erreur la plus complète ! Il y a huit jours ma sœur, une charmante femme qui m'a élevé et qui m'aime comme un fils, m'a dit : « Gontran, tu serais bien gentil de me rendre un grand service. Depuis quelque temps je reçois de mon garde des lettres désespérées : il me mande que les riverains de la grande Futaie se plaignent des dégats causés dans leurs récoltes par les lapins qui pullulent dans mes bois. Va donc aider La Brisée à les détruire. Ce petit changement d'air te reposera de la vie de Paris et te fera beaucoup de bien. » J'ai essayé de lui conseiller l'emploi du système Pasteur, cet illustre savant qui a réussi, non à nous guérir du choléra, mais à le mettre en bouteille pour l'inoculer aux animaux domestiques. Mais pas plus que les autorités de la N^{lle}-Zélande, ma sœur n'a voulu entendre parler de ce moyen-là, et comme j'ai vu qu'elle semblait désirer beaucoup mon départ, je me suis mis en route. Huit jours déjà, passés dans ce pavillon de chasse, assez confortablement arrangé, du reste, par feu mon beau-frère. Mais c'est terrible la transition entre le boulevard, le monde, le bruit, la civilisation en un mot, et ce désert de Sologne où je ne vois pas âme qui vive. Au fond, je sais bien pourquoi ma sœur tenait tant à m'éloigner de Paris ! Elle avait peur que je ne tombe amoureux de la belle madame de Fleurt, auprès de laquelle j'ai été fort assidu tous ces temps derniers et que je ne finisse par l'épouser. Ah ! elle peut être bien tranquille ! Non, je n'épouserai jamais une veuve, une femme qui a déjà envoyé un homme dans la tombe, et qui a été, en somme, la cause directe ou indirecte de sa mort... C'est une bêtise, si vous voulez : la preuve c'est qu'il y a beaucoup de gens que cette considération n'arrête pas... Enfin, que voulez-vous, on ne se refait pas ! Et puis, franchement, je me trouve très heureux comme je suis, à Paris, s'entend, et j'ai bien le temps de songer à immobiliser le reste de mes jours par le chloroforme du mariage...! (Il se lève). Maintenant, allons retrouver La Brisée. (On frappe). Pénétrez !

SCÈNE III

MARIETTE, GONTRAN

GONTRAN

— Ah ! c'est toi, Mariette !

MARIETTE

— Oui, monsieur Gontran ; je venais vous dire qu'il y a là, une dame dont la voiture s'est cassée au tournant de la route, et qui demande si on veut bien lui donner l'hospitalité pendant qu'on va essayer de la réparer au village.

GONTRAN joyeux.

— Une dame ? (à part). Elle est peut-être jeune ? (Haut). Et comment est-elle, cette dame ?

MARIETTE

.— Mon Dieu, je ne sais pas trop, car son visage est couvert d'un voile si épais qu'il ne m'est pas possible de dire à Monsieur.

GONTRAN

— Enfin, n'importe ! Tu l'as fait entrer, j'espère ?

MARIETTE

— Oui, Monsieur, dans la cuisine !

GONTRAN

— Dans la cuisine! mais, ma chère amie, tu n'y penses pas! Si c'est vraiment une dame, comme tu le dis, ce n'est pas à la cuisine qu'il faut la faire attendre... c'est ici! Prie-la d'entrer dans ce salon, et dis lui que ton vieux maitre sera heureux de la recevoir: ton vieux maitre, tu entends bien!

MARIETTE

— Oui, Monsieur, j'y vais. (Elle sort).

SCÈNE IV

GONTRAN seul.

— Une femme! C'est le ciel qui me l'envoie! Après tout, ai-je vraiment raison de me réjouir? Elle est peut-être atrocement laide cette... dame que le hasard vient de précipiter de sa route sur la mienne! Enfin, quelle qu'elle soit, elle fera diversion à la monotonie de mon existence.

SCÈNE V

GONTRAN, MARIETTE, LUCY

MARIETTE à Lucy hésitante.

— Si Madame veut bien se donner la peine d'entrer...

LUCY, soigneusement voilée, s'arrête un instant sur le seuil
à la vue do Gontran.

— Excusez-moi, Monsieur, si je me suis permis...
(Mariette sort).

GONTRAN

— Mais comment donc, Madame ! veuillez donc
vous asseoir. (à part) Pourquoi diable s'obstine-t-elle à
garder son voile ? Elle doit être laide.... une jolie
femme l'aurait enlevé avant d'entrer. Tournure élé-
gante, pourtant !

LUCY

— Croyez bien, Monsieur, que je suis désolée de
vous déranger et aussi votre parent, sans doute, le
vieux Monsieur dont la servante m'a parlé et que mon
arrivée a fait fuir...

GONTRAN étonné.

— Le vieux Monsieur ?... mon parent ?...(se souvenant).
Ah, oui, Madame, parfaitement... il vient de sortir, en
effet, mais il va revenir pour vous présenter ses hom-
mages... (à part). Ce doit être une vieille fille... il y a
quelquefois des vieilles filles qui ont une jolie taille !

LUCY à part.

— Il a l'air très comme il faut, ce jeune homme !
Quelle étrange aventure ! et si je m'attendais à ren-
contrer dans ce pays perdu...

GONTRAN Il a pris une chaise et s'est approché.

— Puis-je vous demander, Madame, quel heureux
hasard, je veux dire, quelle malheureuse circonstance,
vous a obligée à vous arrêter ici ? vous allez peut-être

me trouver fort indiscret, et je vous prie de me par-
donner une curiosité qui a pour excuse...

LUCY

— Votre curiosité n'a pas besoin d'excuses, Monsieur, elle est fort légitime...

GONTRAN

— Je suis suspendu à vos lèvres...

LUCY étonnée.

— Oh !...

GONTRAN

— C'est vrai ; je viens de me servir d'une expression
d'une prétention, d'une banalité...

LUCY

— Vos phrases françaises sont pourtant réputées
pour leur finesse et leur à propos !

GONTRAN

— Autrefois, oui, Madame... avant la guerre, nous
passions pour le peuple le plus spirituel de la terre...
mais les révolutions ont changé tout cela... et aujour-
d'hui nous ne vivons plus que sur notre ancienne répu-
tation. Depuis cette date fatale, nous avons beaucoup
perdu, sous tous les rapports...

LUCY

— Je vous préviens qu'il ne faut pas dire de mal
des républicains devant moi... ce serait encore une...
imprudence !

GONTRAN

— Seriez-vous républicaine, Madame ? (à part). Une
seconde Louise Michel !

LUCY

— Je suis américaine, Monsieur.

GONTRAN

— Oh alors, vous n'êtes républicaine que dans votre pays... et encore...! Je professe, Madame, une admiration profonde pour votre belle nation, que je connais, et où les femmes sont charmantes.

LUCY retirant lentement son voile.

— Vous trouvez ?

GONTRAN vivement.

— Sapristi !

LUCY

— Vous dites...

GONTRAN

— Je dis que je n'exagérais pas en employant le mot charmantes... c'est ravissantes que j'aurais dû dire.

LUCY

— Encore ! Mais vous devez parler l'anglais, sans doute ?

GONTRAN

— Hélas non, Madame, pas un mot... et je ne le regrette qu'à demi puisque toutes vos compatriotes parlent le français avec une facilité, une puissance d'expression !

LUCY

— Et un accent, surtout !

GONTRAN

— Un charme de plus.

LUCY

— Ce n'est pas mon avis. Mais nous avons l'air de jouer aux propos interrompus : revenons donc à nos moutons, c'est-à-dire aux éclaircissements que je vous dois pour expliquer ma présence chez vous.

GONTRAN

— Quels qu'ils soient, croyez bien qu'ils m'intéresseront au plus haut point.

LUCY

— Je suis donc partie ce matin, accompagnée d'un seul domestique, dans la petite voiture que je conduis toujours moi-même, pour aller visiter un pauvre vieillard qui habite dans une misérable chaumière, et auquel je porte de temps en temps quelques secours.

GONTRAN

— Heureux vieillard !

LUCY

— Comment cela ?

GONTRAN

— Heureux vieillard, qui a, lui, le bonheur de vous voir quelquefois !

LUCY

— Il semble, en effet, assez content de mes visites

GONTRAN

— On le serait à moins !

LUCY

— Mais, assurément, il ne se place pas au même point de vue que vous... je continue : Au tournant de la route (il est très dur, par parenthèse, votre tournant !) une des roues de mon poney-chaise s'est détachée, et comme heureusement le village était tout près, j'ai donné l'ordre à mon domestique de dételer le cheval et d'aller chercher un carrossier.

GONTRAN

— Il n'en trouvera pas... nous ne possédons qu'un horloger.

LUCY

— Ah ! quel contre-temps ! comment faire ?

GONTRAN

— Si vous le permettez, j'irai constater moi-même l'état de votre véhicule, et avec l'aide de La Brisée, mon garde, qui est fort adroit de sa nature, peut-être parviendrons-nous à réparer l'accident.

LUCY

— Vous êtes bien aimable, Monsieur.

GONTRAN

— Si je pouvais seulement croire que vous pensez vraiment ce que vous dites ?

LUCY

— Je pense toujours tout ce que je dis... malheureusement aussi je dis même un peu trop ce que je pense... mon oncle me le reproche à chaque instant.

GONTRAN

— Ah ! vous avez un oncle ?

LUCY

— Oui, et il est aussi mon tuteur, car depuis la catastrophe du paquebot transatlantique la Ville du Havre, je suis orpheline...

GONTRAN

— Vous étiez bien jeune alors...

LUCY

— J'avais neuf ans.

GONTRAN

— Je ne vous demandais pas votre âge, mais je suis heureux de le savoir.

LUCY

— Ah !... Depuis cette époque, je vis au château de la Sapinière avec monsieur Morrisson. Nous n'allons que rarement à Paris, et plus rarement encore en Amérique.

GONTRAN

— Vous devez fièrement vous amuser.

LUCY

— Mon Dieu, je ne m'ennuie pas.

GONTRAN

— Vous avez la distraction facile !

LUCY

— Je lis beaucoup, je travaille, je fais un peu de

peinture... comme vous, Monsieur, d'après ce que je vois...

GONTRAN

— Oh, moi, c'est tout à fait passagèrement. (à part). Elle est délicieuse cette jeune fille ! ce n'est pas à Paris que l'on trouverait cette perle rare, une femme de foyer !

LUCY

— Maintenant que je vous ai raconté mon histoire... qui n'a dû vous intéresser en aucune façon...

GONTRAN

— Énormément, au contraire !

LUCY

— Je vais aller voir si ma roue se remet en place.

GONTRAN

— Vous êtes pressée de vous en aller ?

LUCY

— Certainement.

GONTRAN

— Ce n'est pas très gracieux pour moi ce que vous dites là !

LUCY

— Non, vous ne me comprenez pas ! J'ai perdu beaucoup de temps en route, parce que les chemins sont mauvais et que je voulais aller doucement pour ne pas fatiguer mon vieux Dick... à l'heure qu'il est, je devrais déjà être de retour au château. Je suis sûre

que monsieur Morrisson doit être inquiet et se demander ce que je suis devenue.

GONTRAN

— Alors, je n'insiste pas. Seulement laissez-moi
faire chercher La Brisée, pour lui dire d'aller voir où
en est la réparation. (Il sonne).

SCÈNE VI

LES MÊMES, MARIETTE

MARIETTE

— Monsieur a sonné ?

GONTRAN

— Oui, Mariette. Victor est-il déjà parti ?

MARIETTE

— Il est allé aider pour la voiture.

GONTRAN

— C'est bien. Va lui dire que s'il a besoin de quelque chose, il vienne me trouver. (bas à Mariette). Et
recommande-lui surtout d'être aussi longtemps que
possible à cette besogne.

MARIETTE

— Parfaitement, Monsieur. (à part). Tiens, çà m'a
l'air bien drôle ce petit accident... on jurerait que ça
a été fait exprès... (Elle regarde Lucy et Gontran, elle sort).

SCÈNE VII

LUCY, GONTRAN

LUCY, assise auprès du chevalet retouche la toile.

— Vous voyez que je suis bien de mon pays, n'est-ce pas ? Sans vous en demander permission, voilà que je me suis mise à retoucher votre ébauche. Il y a là, dans ce coin, un effet de lumière que vous n'avez pas assez accentué... tenez, là, voyez-vous ?

GONTRAN regardant.

— Vous avez raison, c'est bien mieux ainsi. Quel joli petit tableau !

LUCY

— Le vôtre ?

GONTRAN

— Non, pas le mien ! je parle de celui qu'on pourrait faire avec vous, assise en ce moment devant cette toile.

LUCY

— Toujours des fadeurs ! (Elle brosse à droite et à gauche et se recule pour juger de l'effet). Là, voilà qui est fini !

GONTRAN

— Parfait, parfait ! Vous ne signez pas ?

LUCY

— On ne signe pas deux noms sur une toile.

GONTRAN

— Pourquoi pas ? on le devrait ; ce serait plus honnête.

LUCY

— C'est possible. Non, voulez-vous que je vous dise ? Curieux comme tous les hommes, vous mourez d'envie de connaître mon nom. Eh bien, soyez satisfait, je me nomme Lucy Wilton.

GONTRAN

— Et moi, Mademoiselle, pour faire preuve d'une franchise égale à la vôtre, je m'appelle Gontran de Rochefontaine, 33 ans, célibataire, encore tous mes cheveux et quelques illusions : cinquante mille livres de rente et des espérances.

LUCY

— Je n'ai pas besoin de savoir tout cela ! je ne suis pas une agence matrimoniale.

GONTRAN

— Tant pis... car dans ce cas, vous connaîtriez peut-être une personne qui voudrait m'épouser...

LUCY

— Je ne connais personne !

GONTRAN

— En cherchant bien...

SCÈNE VIII

LES MÊMES, MARIETTE

MARIETTE

— Monsieur, la voiture est plus endommagée que Victor ne le croyait tout d'abord et il m'envoie dire à Monsieur de vouloir bien venir lui-même, parce qu'il y a un bouton qui manque.

GONTRAN

— Un boulon, tu veux dire? c'est bien, j'y vais. (à Lucy). Vous permettez, Mademoiselle, l'affaire d'un instant...

LUCY

— Mais comment donc, Monsieur! Oh, que je suis désolée de l'ennui que je vous cause!

GONTRAN

— L'ennui! mais c'est un plaisir! (à part). Si cette voiture pouvait être irréparable! (il sort).

SCÈNE IX

LUCY, MARIETTE

MARIETTE

— Si Mademoiselle veut que je la débarrasse de son manteau ?

LUCY

— Non, merci bien... ce n'est pas la peine... je ne compte pas rester toute la journée ici...

MARIETTE

— Mademoiselle a bien tort, car elle ne gêne pas Monsieur, j'en suis sûre !

LUCY

— Dites-moi, madame Mariette, je vois à votre accent que vous n'êtes pas française ?

MARIETTE

— Non, Mademoiselle, je suis Écossaise : on m'appelle Mariette, mais mon nom est Maria.

LUCY

— Vraiment ! Eh bien, moi non plus je ne suis pas française...
— Oh, then we can talk English !

MARIETTE

— J'ai bien vu tout de suite à l'élégance de votre toilette que vous étiez une étrangère : ce n'est pas les françaises qui s'habilleraient aussi bien que vous, à la campagne.

— I saw at once, from your style of dress, you were a stranger. French ladies never dress so well in the country.

LUCY

— Vous trouvez, Maria ?

— Do you think so, Maria ?

MARIETTE

— Et puis vous avez ce « chic », comme ils disent, que M. Gontran aime tant ! N'est-ce pas, Mademoiselle, qu'il est bien gentil notre monsieur Gontran : nous avons été élevés ensemble, parce que ma mère était sa nourrice. C'est lui qui s'ennuie ici, par exemple ! Vous savez, habitué à Paris, au grand monde, il ne peut pas se faire à une vie comme celle-ci.

— You have a « chic » as they call it, which mons. Gontran is so fond of. He is very nice our young master, dont you think so, miss? And if you only knew how good, how kind he is! We were brought up together, because my mother was his nurse. I am afraid he does not care for life here in the country : he is very tired of it, accustomed as he is to live always in Paris.

LUCY

— Il n'habite donc pas toujours ici avec son vieux parent ?

— He does not live here always, then, with the old gentleman ?

MARIETTE

— Lui ! oh non, Mademoiselle. Et puis tenez, voyez-vous, entre nous, je peux bien vous le dire... le vieux parent... c'est une farce !

— He ! oh no, miss. In fact, between ourselves, the old gentleman is a joke !...

LUCY étonnée.

— Comment cela ?

— Why ! what do you mean ?

MARIETTE

— Monsieur n'est arrivé ici que depuis huit jours, pour chasser. Il est seul, tout seul !... Et quand tout à l'heure je lui ai annoncé qu'il y avait une dame qui demandait l'hospitalité, il a dit comme cela : « Une dame ! une dame ! fais-la entrer au salon ! »

— Mons. Gontran arrived here about a week ago for the shooting : he is alone, quite alone. And just now, when I told him there was a lady asking to be allowed to stop a little bit, he said to me joyfully : « A lady, a lady !... Show her into the drawing-room.

LUCY

— Ah ! il a dit cela !

— Did he really say that ?

MARIETTE

— Puis, comme il a craint que vous ne soyiez effrayée de vous trouver face à face avec un jeune homme, il a ajouté :... Tu lui diras que c'est ton vieux maître qui l'invite... Il a répété deux fois.. ton vieux maître !...

— Yes, and as he feared you would not care perhaps to meet a young man, he added :.., tell her that your old master begs her to come in.. Twice he repeated : your old master !

LUCY à part.

— Voyez-vous ça !

— Very ingenious, indeed !

SCÈNE X

LES MÊMES, GONTRAN

GONTRAN entrant au fond.

— Ah, voilà qui est en ordre. (à Lucy). La vérité me fait un devoir pénible, très pénible, Mademoiselle, de vous annoncer que votre équipage est, dès maintenant, en état de reprendre la route.

LUCY

— Vous dites toujours la vérité. Monsieur ?

GONTRAN

— Toujours, oui, Mademoiselle.

LUCY

— Ah !... Il ne me reste plus qu'à vous remercier de l'accueil si aimable que vous avez bien voulu me faire, et à vous charger de présenter toutes mes excuses à votre vieux parent... (elle sourit).

GONTRAN

— Comment vous savez... ? (à Mariette). Ah ! Mariette ! !

LUCY

— Mettons que je ne sais rien... et merci encore...

(elle lui tend la main). Vous permettez, n'est-ce pas ? à l'Américaine !

GONTRAN

— Vous partez ! déjà... laissez-moi au moins espérer que ce n'est pas la dernière fois...

LUCY

— Monsieur Morrisson demeure à quelques kilomètres d'ici, au château de la Sapinière :... il sera heureux de vous y recevoir. (Ils sortent).

SCÈNE XI

MARIETTE seule.

— Voilà une jeune demoiselle comme je les aime ! ce n'est pas comme ces évaporées de Paris qui ne savent rien faire de leurs dix doigts ! Et de l'esprit, avec cela ! Hein, en a-t-elle de l'esprit ! Et pas fière ! Elle s'est mise tout de suite à me parler comme si elle m'avait connue depuis dix ans... Allons, voilà que je reste là à perdre mon temps, au lieu d'aller m'occuper de mon déjeuner. Ah ! pour cela, je le soigne bien, monsieur Gontran... je lui fais de bons petits plats... ça le dédommage, le pauvre garçon.

— Now I call that a nice, pleasant young lady ! None of your Paris fine ladies, able to do nothing. That's a clever girl, my word, and not a bit stuck up, either. She talked to me as if she had known me for ten years ! I must'nt stand here chattering and losing my time... I'll be off to see after the breakfast. It is the least I can do for my good master, to look after him and make him confortable in his exile, poor fellow !

SCÈNE XII

MARIETTE, GONTRAN

GONTRAN entrant au fond.

— Partie...elle est partie ! (Haut). Comme il fait sombre ici !

MARIETTE

— Depuis que la demoiselle n'est plus là !

GONTRAN

— Mariette, ne plaisante pas, je t'en prie... tu m'as déjà joué un mauvais tour, tout à l'heure !

MARIETTE

— Oh ! monsieur Gaston ? Enfin il aurait toujours bien fallu qu'elle le sache un jour ou l'autre...

GONTRAN

— N'importe ! n'en parlons plus, c'est fait, c'est fait ! (Bruit d'une discussion au dehors). Qu'est-ce que c'est donc que tout ce bruit dans la cour ?

MARIETTE allant à la porte.

— C'est un vieux Monsieur qui a l'air de se disputer avec Victor !

GONTRAN

— Va donc voir. (Mariette sort).

SCÈNE XIII

GONTRAN, LA BRISÉE, MORISSON

(Au moment où Mariette sort, le garde, retenant Morrisson, entre au fond).

LA BRISÉE

— Non, je vous dis ; vous ne pouvez pas entrer avant que j'aie prévenu Monsieur.

MORRISSON criant.

— Laissez-moi, laissez-moi, je parlerai moi-même...

GONTRAN au garde.

— Lâche-le, Victor, et laisse-le s'expliquer.

MORRISSON s'avançant furieux.

— Cet homme a voulu m'empêcher de venir...

GONTRAN

— Il a fait son devoir. Quant à vous, Monsieur, je trouve votre manière d'entrer chez moi au moins étrange...

MORRISSON

— Je cherche quelqu'un... une personne qui est venue chez vous...

GONTRAN

— Permettez-moi de vous demander d'abord à qui j'ai l'avantage de parler ?

MORRISSON continuant.

— Elle doit être encore ici, ou me l'a dit !

GONTRAN

— Vous n'avez problablement pas entendu ma question : je vais parler plus haut : à qui ai-je l'avantage de parler ?

MORRISSON se calmant.

— J'avais bien entendu... Thomas Morrisson.

GONTRAN

— (à part). L'oncle ! (haut). C'est bien, Monsieur ; veuillez m'expliquer ce qui vous amène... asseyez-vous.

MORRISSON

— Non, Monsieur, je ne veux pas m'asseoir, je ne suis pas fatigué !

GONTRAN

— A votre aise : restez debout.

MORRISSON

— J'ai chaud seulement... j'ôte mon chapeau.

GONTRAN

— J'allais vous en prier.

MORRISSON

— Monsieur, miss Lucy Wilton, dont je suis l'oncle et le guardian...

GONTRAN

— Cela veut dire tuteur, problablement, pour ceux qui ne comprennent pas l'anglais ?

MORRISSON

— Tutor, oui, le tutor... Miss Lucy a quitté le château ce matin à 8 heures ; il est près de midi et elle n'a point encore reparu !

GONTRAN

— Qu'est-ce que vous voulez que j'y fasse !

MORRISSON

— Je suis parti à sa recherche et on m'a appris qu'elle était chez vous.

GONTRAN

— Elle y était, mais elle n'y est plus.

MORRISSON

— Elle allait soit disant visiter un vieillard pauvre... ce vieillard pauvre c'était donc vous !

GONTRAN

— Cette supposition est aussi injurieuse pour votre pupille que déplaisante pour moi.

MORRISSON

— Enfin, Monsieur, me direz-vous où elle se cache ?

GONTRAN perdant patience.

— Mon cher Monsieur, je vous dirai que ne suis pas habitué à ce que l'on me parle comme vous le faites... et j'ajouterai que votre âge et votre ignorance des usages français sont les seules raisons qui m'empêchent de vous jeter à la porte !

MORRISSON

— Monsieur, dans mon pays...

GONTRAN

— Ah! laissez-moi donc tranquille avec votre pays! je le connais, et j'ai eu affaire là-bas, à des gaillards autrement redoutables que vous... soit dit sans vouloir contester vos talents sur le revolver... Calmez-vous donc d'abord, et n'oubliez pas ensuite que vous venez ici m'insulter chez moi, sans provocation de ma part et sans légitime excuse de la vôtre.

MORRISSON

— Monsieur, je me contiendrai.

GONTRAN

— Et vous ferez bien ! (à part). Il est enragé, ce vieux !

MORRISSON

— Comme tutor de miss Lucy, j'ai par conséquent sur elle les droits d'un père...

GONTRAN

— Je ne les conteste pas... un tuteur est souvent plus qu'un père.

MORRISSON

— Ne m'interrompez pas... J'ai des droits sur elle et mon devoir est de veiller sur sa conduite. L'aventure d'aujourd'hui ne peut me laisser indifférent. Je tiens donc à savoir ce qui s'est passé chez vous et ce qu'est devenue Miss Wilton ? Je crois m'adresser à un gentleman.

GONTRAN

— Vous avez mis le temps à trouver cela ! Enfin, Je vais répondre à la première de vos questions. Mademoiselle Lucy, à la suite d'un accident de voiture ..

MORRISSON

— Elle est tombée ?

GONTRAN

— Non, seulement une des roues de sa voiture s'étant détachée, votre pupille est venue me demander de lui accorder l'hospitalité pendant qu'on réparait le dégât. Quant à votre seconde question, j'ignore absolument où Mlle Lucy peut être en ce moment. Tout ce que je puis vous dire c'est qu'en me quittant, elle a pris la route du château de la Sapinière.

MORRISSON

— Oh ! Fort bien, je comprends... mais qui me dit que vous ne cherchez pas à me tromper ?

GONTRAN

— Ma parole, Monsieur, dont personne jusqu'ici, excepté vous, ne s'est permis de douter... Et puis, tenez, voyez-vous, ça commence à me fatiguer ces explications auxquelles vous n'avez pas l'air d'ajouter foi. Si mes réponses ne vous satisfont pas, j'en suis fâché, mais je vous le répète, j'en ai assez, j'en ai assez ! (à part). A-t-on jamais vu ! Mais il finirait par lasser la patience d'un saint, ce Yankee ! Ah, si ce n'était pas par égard pour sa nièce... pauvre enfant ! quelle existence elle doit mener avec un pareil butor ! (on frappe). Entrez !

SCENE XIV

LES MÊMES, MARIETTE, puis LUCY

MARIETTE à la porte.

— Monsieur, c'est Mademoiselle qui revient !

LUCY entrant vivement.

— Ah ! Enfin, vous voilà, mon cher oncle ! à Gon an
Vous voyez, Monsieur, c'est encore moi !

GONTRAN

— Encore est de trop, Mademoiselle.

MORRISSON sévère.

— M'expliquerez-vous, Lucy ?...
— Can you explain to me Lucy...

LUCY à Gontran.

— Voilà ce qui est arrivé. Je m'étais remise en
route, grâce à votre empressement à faire réparer ma
voiture, et j'avais déjà fait deux ou trois kilomètres,
lorsque des paysans m'ont dit que Monsieur Morrisson venait de passer, qu'il me cherchait partout, et
qu'il était furieux !

GONTRAN

— Il l'est encore !

LUCY

— Oh, mon bon petit oncle, que je suis heureuse

de vous tirer d'inquiétude ! Vous voyez que je ne suis pas perdue...

MORRISSON

— Je vois que vous êtes retrouvée, voilà tout !

GONTRAN à part pendant que Morrisson cause avec Mariette.

— A-t-il un mauvais caractère cet animal-là ! (à Lucy). Est-ce qu'il est toujours aussi tendre avec vous ?

LUCY

— Oh ! je vous assure qu'il est très bon, au fond.

GONTRAN

— Tout au fond, alors.

LUCY

— Et qu'il m'aime beaucoup...

GONTRAN

— Je comprends ça... moi aussi...

LUCY

— Vous dites ?

GONTRAN

— Je dis « moi aussi » mais c'est une réflexion que je me faisais à moi-même.

LUCY

— Vous pensez tout haut :

GONTRAN

— Quelquefois... mais dans le cas présent je ne dis pas toute ma pensée...

LUCY

— Cela vaut peut-être mieux. (à Morrisson). Oncle Tom, je vous prie de remercier Monsieur de Rochefontaine puisque, sans lui, je serais encore... mais qu'est-ce que vous avez donc à vous regarder tous les deux comme cela ? Que s'est-il passé depuis mon départ ?

GONTRAN

— Oh ! presque rien... C'est une affaire à régler entre Monsieur Morrisson et moi.

LUCY

— Eh bien, vous allez la régler tout de suite. (bas à Gontran). Laissez-moi faire, je le connais ! (Haut). Monsieur, mon oncle qui ne parle qu'imparfaitement votre langue...

GONTRAN

— Oh ! imparfaitement ! Il trouve moyen, quand même d'exprimer son mécontentement d'une manière...

LUCY

— Taisez-vous donc ! (reprenant) me charge de vous dire qu'il regrette si quelques-unes de ses paroles ont pu vous blesser, et il vous offi_ _es excuses.

GONTRAN

— Et si je ne veux pas les accepter ?

LUCY

— Allons donc ! ne faites pas le méchant... *je vous en prie...!*

GONTRAN

— Alors à deux conditions...

MORRISSON ET LUCY

— Lesquelles ?

GONTRAN à Lucy.

— Et encore c'est bien pour vous que je fais cela !
(Haut). D'abord c'est que j'irai moi-même à la Sapinière
chercher les excuses de monsieur Morrisson...

LUCY

— Allons, mon oncle, répondez !

MORRISSON

— Je consens.

GONTRAN

— Ensuite...

LUCY ET MORISSON

— Ensuite ?

GONTRAN

— C'est qu'il voudra bien, ainsi que vous, Mademoiselle, me faire l'honneur de partager mon mo-
deste déjeuner de garçon... à la fortune du pot...
car vous savez... à la campagne.

MORRISSON bas à Lucy.

— Faut-il accepter !
— Shall we accept ?

LUCY

— Mais, certainement !
— Why ! certainly...

MORRISSON à Gontran.

— Je veux bien...

LUCY

— Moi aussi, car je meurs de faim !

GONTRAN

— A la bonne heure ! (à Lucy). Comme vous le manœuvrez le pauvre homme ! Le voilà devenu doux comme un mouton.

LUCY

— Quand on sait s'y prendre on obtient de lui tout ce qu'on veut.

GONTRAN

— Je m'en aperçois... Et... de vous ?

LUCY

— Oh, moi... je tiens certainement de famille...

GONTRAN

— Merci de cette bonne parole. (appelant). Mariette ! (à Morrisson). Sans rancune, n'est-ce pas ?

MORRISSON qui lui tend la main.

— Sans rancune !

GONTRAN à Mariette qui entre.

— Mariette, tu vas mettre trois couverts : M. Morrisson et sa nièce veulent bien me faire l'honneur de déjeuner avec moi.

MARIETTE

— Bien, Monsieur ? (à part). Je me doutais bien que ça se terminerait comme cela !

FIN

Imprimerie DESTENAY, à Saint-Amand (Cher).

www.ingramcontent.com/pod-product-compliance
Ingram Content Group UK Ltd.
Pitfield, Milton Keynes, MK11 3LW, UK
UKHW021150140726
13695UKWH00005B/2061